あなたといた夏を忘れない

anata to ita natsu wo wasurenai★Yu Tsukasa

つかさゆう

文芸社

九月十七日

先生と出逢えてよかった。本当によかった。今日、つくづくそう思いました。とても辛い一日だったけど、その辛い思いが、もう二度と来ることはないと思っていた先生からのメールで救われ、涙が止まりませんでした。

朝、先生からメールをもらって、先生がとても苦しんでいることを知りました。そんなことわかりきっていたのに、私、自分のことしか考えられなくて、先生をいっぱい苦しめていて、でもどうしても先生と関わっていたくて、助けてほしくて……。

だけど先生の
「お母さんにあげられる元気は僕にはもうありません。そっとしておいてほしい」

という一言で

「あっ、もうこれで本当に終わらなきゃいけないんだ」

って、辛いけど乗り越えなきゃいけないんだって……。

本当はいてもたってもいられませんでした。でも先生のことが大切だから、

「苦しめて本当にごめんなさい。私、自分がただ甘えていただけだったっていう

ことにやっと気がつきました。本当は先生に誰よりも幸せになってほしい。先生

とのことはいい思い出だったと思いたい。出逢えてよかった。ありがとう」

と、最後にそれだけを伝えたくて、読んでもらえるか不安に思いながらもメー

ルを打ちました。

夕方、先生から、メールが入って

「そう言ってもらって何か救われた気がします。僕からもお礼を言います。あり

がとう」

と……。

ひどいことを言われて当然のはずなのに、もう二度とメールをもらえないって

思っていたのに、先生のやさしさに思わず声を出して大泣きしてしまいました。

「私こそありがとう」

私、もうこれで大丈夫です。


私が初めて先生に逢ったのは、平成十三年四月十九日のことでした。

私の子供、海人《かいと》がサッカーの練習中に、ころんで左足をけが。近くの病院で診てもらっていたのですが、よくならず、接骨院に変わり、そこでN病院を紹介されました。

その病院で初めて「先生」を見ました。初めて見た先生に何か惹かれるものを感じました。

「あっ、あの先生に診てもらえたらいいなあ」

その希望通り、先生は海人の担当医になりました。受診の結果、次の日から入院することになった海人。〝入院〟という言葉を聞いて、びっくりした私でした

が、

「この先生だったら。この先生がいるんだったら大丈夫かな」

なんて思ったりもしていました。

四月二十日

朝、学校にあいさつに行って、九時半に病院へ行きました。待合室で待っていると先生が来ました。先生は海人のところで、海人と同じ目線になるようにしゃがんで、

「い・と・うです。よろしく」

と、海人にとてもわかりやすくゆっくりあいさつしてくれたのがとても印象的でした。また先生に逢えてよかった。子供が入院するというのに、不謹慎かもし

れないけど、そう思ってしまいました。

海人の入院は、検査の結果、なんともなかったので、五日間という短い日数ですみました。そのなかで私が先生に逢ったのは、一日だけ。いつ逢えるかな、病室に来てくれるかなと思っていた私には、ちょっと期待ハズレでとても残念でした。どうも私が家に帰ったりしていた時などに、来てくれていたようです。

私にとっては、最初に先生に逢った時から、先生の言葉一つ一つがとても印象的でした。やさしさをすごく感じました。

四月二十八日

退院後、初めて病院へ行きました。

今日は先生に逢える。待合室で待っていた時、先生がほかの患者さんにやさしく声をかけている姿を見ました。その時の先生がとても暖かく、私自身が先生に惹かれていくのを感じました。

五月十三日

海人の足もすっかりよくなり、たぶん今日で病院へ行くのも最後かなと思って、先生に〝ありがとう〟の気持ちを込めて、海人からのプレゼントを持って出かけました。

〝白いくつ下〟それは私が病院で見た先生がはいていたくつ下。とても清潔感があって、印象的だったから、私が決めたものでした。診察の結果、もう松葉杖もなくなり治療完了。やっぱりもう来なくていいんだ。海人の足が治ったのはうれしいけれど、もう先生に逢うこともなくなる。〝さようなら先生。ありがとう。

もう逢えないのはさみしいけれど、先生に診てもらえてよかったです〃

これで先生に逢うことがなければきっと今の私はなかったと思います。海人がけがをした時、病院にちょっとかっこいい、やさしい先生がいたなあ。私のタイプだったかなと思うだけで。

五月十四日

松葉杖がとれた海人は、初めて外へ遊びに行きました。夕方、公園から帰ってきて、お風呂から出たあと、

「ママー、足が腫れてる」

見ると海人の右足首は象の足のように腫れていたのです。〝どうして？〃何がなんだかわからなかったけれど、とりあえず次の日まで様子をみようと思いまし

た。

次の日の朝、海人は右足首が痛くて歩きづらい様子。先週土曜日、治療が完了したばかりなのにまたすぐ受診しなきゃいけないなんて、ちょっと恥ずかしいけれど、これでまた先生に逢えるかもしれない。先生に逢いたい。病院へ連れて行って診てもらおう。そう思ったのです。

五月十五日

病院の待合室で私は海人と一緒に、少し緊張しながら待っていました。けれども海人の名前は全然呼ばれず、ほかの先生が症状を聞きに来てくれました。そのあともだいぶ待って、もう今日は先生には逢えないと半分あきらめていた時、海人が笑っています。ふと顔を上げると、ニコニコしながら先生が近づいてきました。思わず私も笑っちゃいました。逢えてよかった。そう思ったけど、湿布して、包帯をぐるぐる巻きにしてもらって、それで終わり。今日再び逢って、話をしていくうちに、どんどん惹かれていくのに気づいた私は、以前よりも、もう逢えなくなるっていうのが辛くなっていました。

家に帰ってきて、私が海人の包帯を巻いていると、なかなか上手く巻けなくて、その時海人が

「先生はすごく上手だったよ。先生に巻いてほしいナ。これからも接骨院じゃなくて先生のいる病院へ通えばいいのに」

と言うのです。私だってできるならそうしたい。先生に接骨院への紹介状を書いてもらっていたのですが、結局その後、接骨院には診せに行きませんでした。それが、後悔と喜びになったのです。

海人も先生のことをとても慕っていて、私もその後、先生のことがどうしても

忘れられませんでした。そこで、二人で二度もお世話になったからお礼の手紙を書こうということになり、海人が先生あてに手紙を書きました。

五月二十一日

海人が先生に手紙を送りました。手紙の内容は
「診てくれてありがとう。やさしい先生に診てもらえてうれしかったです。今度は先生と遊べたらいいな」
というようなものでした。手紙は病院へ送ったけど、本当に先生の元に届くかな。迷惑じゃないかな。

五月二十四日

ポストのなかに病院からの大きい封筒が……。最初に見つけた私はとてもうれしくって、海人が学校から帰ってくるのが待ち遠しかったのです。なかには何が入ってるのだろう?

海人が帰ってきて、一緒に封を開け、私も手紙を見せてもらいました。動物の便せんに三枚……。とてもかわいい字で、漢字にはすべてふりがなをつけてくれてあります。なんてやさしいんでしょう。手紙を読み終わると涙が出ていました。それは、先生のやさしさが伝わってきたのと、先生が来年の三月で病院にはいなくなって、実家に帰ってしまうということが書いてあったからでした。先生がいなくなってしまう。そう思うとショックでした。

封筒のなかには、手紙のほかに〝けん玉〟が入っていました。その日から、海人も私もけん玉に興味を持ち始め、海人は一生懸命けん玉の練習を始めました。

手紙のなかには
「海人君に逢えないのは、海人君が元気だということだから逢えない方がいいのかもしれないよ。でも遊ぶのだったらいつでもいいよ。また手紙ください」

とありました。

〝えっ、本当？〞社交辞令だと思いながらも、もしかしてまた逢える？　と海人より、私の方が期待しちゃっていました。

五月二十八日

海人が先生に二通目の手紙を出しました。〝いつ遊んでくれる？〞というような内容だったと思います。私は、またすぐ返事をもらえることを期待していました。「今日は手紙届くかな」と、そんなことを思いながら毎日毎日が過ぎていって、私のなかで先生の存在がとても大きくなっていきました。

ところで海人の足は五月十五日に先生に診てもらってから一週間が過ぎても腫れがひかないので、先生に書いてもらった紹介状をもって、やっと接骨院へ行きました。接骨院では、どうしてすぐ来なかったのかとしかられ、さらに足の腫れはもう完全には戻らないかもしれないと言われました。もしも本当に海人の足の腫れがひかなくなったら私の責任だ。私が先生にこだわっていたから……。そう思ってとてもショックを受けました。

その後、接骨院に通い続けることになりました。海人の足に包帯があるかぎり、先生のことを忘れることなどできません。だんだん辛い気持ちになって、また海人の足が腫れて、そして先生に逢ったことを恨みたくなったりもしました。自分のなかで勝手に気持ちをふくらませちゃって、抑えきれなくなって……、本当にバカみたいでした。先生が好き。逢いたい。どうしてこんな気持ちになっちゃったんだろう。

海人の足は相変わらずで、接骨院には週に二回ぐらい通い続け、いつの間にか七月に入っていました。

七月一日

海人と二人でデパートへ行って、そこにある七夕の笹かざりに願いごとをつるしました。

〝先生から手紙が来ますように。また逢えますように〟

七月二日

やっと接骨院でOKをもらうことができました。これで、海人の足から包帯がとれれば、先生のこと忘れていけるかもしれない。

七月三日

海人が学校でとび箱をやって、また同じ右足首をひねってしまいました。〝どうして？〟あまりにもショックが大きかったです。今度はすぐ接骨院へ行き、毎日通いました。けれども一向に痛みはなくならないので、不安になりました。骨には異常はないと言われてるけれど、本当に大丈夫？　でもレントゲンを撮ることになるとまた先生のいる病院へ行くことになります。先生には逢いたい。でも……。

結局、再び病院へ行くことになりました。

七月九日

海人が学校から帰ってきました。手には病院の封筒が……。

「先生からお返事来たよ」

とてもうれしそう。見せてもらうと、内容は〝返事がなかなか書けなくてごめん〟ということ。〝ずっと野球をやっていたこと〟それと〝今は仕事が忙しいけれど、遊べるようになったら必ず連絡するから〟って……。海人あての手紙のはずなのに、とてもうれしかった。一通の手紙でこんなにもうれしくなることがあるんだ。あっ、でも今日、今から病院へ行くんだった。なんだか恥ずかしいな。

夕方、五時すぎ病院へ行きました。

海人を呼んでくれた先生は伊藤先生ではありませんでした。〝もうずいぶんたっているから、前とは変わっちゃったんだ〟とそう思いました。なかに入っていろいろ聞かれていた時、ふと見ると海人が笑っています。振り向くと、笑顔で立っている伊藤先生がいました。今日は先生に診てもらえないと思っていたので、診てもらえた時は、うれしかった。先生に、また逢えた。

レントゲンの結果、異常はなく、処置をしてもらうため別のところへ移動しました。椅子に座って、先生は海人の足のことを説明してくれました。私が、接骨院で、〝腫れがひかないかもしれない、そうなったのは私の責任で、この先もくせになるかもしれない〟というようなことを言われて気にしていることを話すと、先生は前と今のレントゲンを見比べながら
「大丈夫ですよ」

と、とてもやさしく、親切に説明してくれました。ありがとう。

その後、海人と先生は包帯を巻きに行きました。だいぶたって、二人でけん玉を持って、ニコニコしながら戻ってきました。処置室のなかでけん玉をやっていたようで、先生がけん玉の話をしてくれ、また私の前でもやって見せてくれました。そのあとも座っていろんな話をしていたら、その場を離れるのがイヤになってきました。このまま時間が止まってくれたらいいのに……。

けれどもそういうわけにもいかず、会計をするため待合室に移動しました。もう患者さんはほとんどいませんでした。待っていると、先生が来て、

「手紙に携帯番号も書いてあったから」

と、メールアドレスを書いて持ってきてくれました。携帯番号、それは私のものでした。その日から、私の携帯で海人と先生とのメール交換が始まりました。

そして、海人だけじゃなく、私も。

その日の夜、さっそく海人が先生にメールを打ちました。そして私も、とても

迷ったけれど、先生にどうしても今日のお礼が言いたくてメールを打ってしまいました。

「海人じゃなくて母ですみません。海人の足のことでずっと悩んでいたのですが、今日先生にいろいろお話をうかがって助けられました。本当にありがとうございました」

と、夜遅くに申し訳ないかなと思いながら送りました。そうしたら、先生から返事が来ました。「海人君の足は大丈夫です。お母さんが責任を感じることはありません」

私、返事をもらえるなんて思ってなかったので、すごくうれしくて、思わず

「ありがとう」

とまたメールを返していました。

七月十二日

先生と海人が何度かメールのやり取りをしていました。先生は海が好き、夏が好きだって……。

七月十六日

学校に提出する書類を書いてもらいに病院へ行きました。私のなかでまた先生に逢えるってとても期待して、ドキドキしていました。けれども、書類は先生が書いてくれるものだと思っていたのに、受付の人が書いてくれて、すぐ終わり。結局先生には逢えずに終わってしまいました。残念。

七月十九日

学校で通知表をもらってきた海人は、メールで先生に報告していました。

夕方から下の子たち（海人の弟たち）がお泊まり保育のため、保育園に行きました。夜、海人と二人だったので、外にごはんを食べに行ったのですが、海人は元気がありません。どうも弟たちがいなくて寂しいらしいのです。ごはんを食べて家に帰ってきてから、

「今日は弟がいないので、ママと二人で寂しいです」

と海人が先生にメールを打っていました。そうしたら先生から返事が来て

「寂しい時はいつでも電話してきていいよ」

と電話番号を教えてくれました。うれしかった。海人はさっそく先生に電話を

して、いろんな話をしていました。少し元気になったようでした。

七月二十日

夜、先生からメールをもらいました。

「今日は車を洗ったり、買い物に行ったりしていました」と。

私、メールを読んで涙が出てきました。私は昼間、夫とこれからのことについて、もめていたのです……。

海人の代わりに思わず私がメールを打っていました。

「今、花火見に行ってきたヨ」

そうしたら先生から海人あてに電話がかかってきて、思わずびっくり。でも、うれしかった。

七月二十一日

夜、今日のことを話したいからと海人が先生に電話をかけていました。迷惑かけて申し訳ないと思い、途中で代わってもらって少しお話しました。先生はみんなで飲みに来てると言いながらも、イヤがることなく電話につき合ってくれました。ありがとう。

七月二十二日

朝、先生からメールがありました。

「海でのお祭りに行くから」

って。夕方、

「今帰るところだよ。日焼けしてまっ黒になったよ」

海人も先生にメールを打ちました。

「ビアガーデンに行ったよ。キリンビールのTシャツがあたったんだけど、先生着る？」

夜、私も先生にメールを打ちました。

〝海人が先生を好きなのは〟という内容で、私が今、夫とうまくいってなくて、一緒にいないので、子供にも寂しい思いをさせているのかもしれないということも書きました。

そうしたら先生から、〝自分が海人君にメールを送ることで、海人君がもっと寂しい思いをするのだったら、メールをひかえたい〟という返事がきました。

私はあわてて先生に

「そうじゃない。海人は先生とのメールをとても楽しみにしてるから、このままお願いします」

と電話していました。先生は、今の私の悩みなども、いろいろ聞いてくれました。何を言ってるのか自分でもよくわからなかった私の話を

「大丈夫だから」

と言ってくれました。とてもうれしかったです。ありがとう。

電話を切ってすぐに先生からまた電話をもらって、今度の木曜日は代休で仕事がお昼で終わるから、何もなければどこかで遊ぼうと海人君に伝えてください。本当にありがとう。

次の日、海人に伝えると大喜びで、二人して木曜日が来るのが待ち遠しかったです。七月二十六日二時に病院の前で待ち合わせすることになりました。

七月二十六日

朝から海人も私もずっとドキドキして、二時になるのが待ち遠しかったです。私は、一生懸命お弁当を作りました。

一時半頃、先生から、今仕事が終わったからと電話があり、車で出発しました。もうすぐ着くという時、先生からメールで、

「どんな車か教えて」

「緑のトッポだよ」

海人が車から降りて待っていると、先生が歩いてくるのが見えました。海人が走っていって、道の真ん中で二人で何か話をしています。二人が車に戻ってきて、

「こんにちは」

って。海人が

「花火もらったよ」

と大喜び。

車が走り出し、

「あのネ、お弁当持ってきたよ」

「あっ、だからお昼食べずに来てって言ったんだ」

公園へ到着しました。

車から降りると、先生はかばんを持ってくれました。うれしかった。テーブルのあるところに行き、お弁当を広げます。

「お弁当なんて何年ぶりかな」

と先生。ちゃんと手をあわせて「いただきます」と言ってくれたのが印象的でした。

いろんな話をしながら食べました。

お昼はいつも病院で患者さんと同じ病院食を食べるということ。朝は何も食べないことなど……いっぱい、いっぱい。

「ごちそうさまでした」も、やっぱりちゃんと手をあわせて言ってくれました。

食べ終わったあと、先生は海人と、キャッチボールやサッカーをしたりして遊んでくれました。二人が遊んでいるのを見ていた私は、とても幸せでした。その後、二人で噴水の方へ行ってしばらく帰って来なかったので、私はテーブルのところで眠ってしまいました。

海人が私をつっついたので目が覚めたのですが、その時、少し離れたところに立っていた先生が目に入りました。

四時。保育園に弟たちを迎えに行かなきゃいけない時間になった時、

「まだ遊んでいるから行ってきていいですよ」

と言ってくれたので先生に海人をお願いして、保育園へ行きました。

正直言って、二人を連れてまた戻ってくることは、私には不安でいっぱいでした。調子にのりすぎて、海人が、おこられるようなことばかりやったらいやだな、

そんなところを先生には見られたくないな、と。でも、全然違いました。私の気持ちが、おだやかだったように、子供たちも……。子供たちは本当に私の気持ちと同じなんだなあとつくづくそう思いました。

海人たち兄弟三人が噴水で遊んでいる間に、私は先生と二人で話す機会ができました。先生は私の話を聞いてくれました。夫のこと、これからのこと。とぎれとぎれだけど。

「ごめんネ。こんな話を聞いたら、結婚に幻滅しちゃうよネ」

と言ったら
「いいえ、そんなことないですよ」

と言ってくれました。本当にありがとう。

あっという間に時間が過ぎていき、少しうす暗くなってきました。子供たちは先生にもらった花火がしたいと言いだし、じゃあ少しだけしようということになったのです。

ロケット花火。打ち上げ花火。子供たちも大喜びで、私もとても楽しかった。
本当にこのまま時間が止まってほしい。
子供たちは
「先生と一緒にごはんが食べたい」
とも言いだしました。私だってそうしたい。車に乗ってからもずっと
「一緒に食べたい」
と言っていました。先生も
「いいですよ」
と言ってくれたので、すごく迷ったけれど
「今日はもう遅くなっちゃったから帰ろう」
と心を鬼にして言いました。
病院に着いて、先生は帰りぎわ、海人に、
「今日ごはんまで食べちゃうと次の約束ができないから、今度、一緒に食べよう」

と話してくれました。それで海人も納得したのです。ありがとう。

家に着いて、ごはんを食べていると、先生からメールが入りました。

先生「今日は楽しかった？　先生も楽しかったよ。今度は夕ごはん、絶対一緒に食べようね」

海人「楽しかったよ。ありがとう。今、ごはん食べてるよ。先生はもう食べた？」

先生「まだ食べてないよ。今から海人の家に食べに行こうかな、なんて。ママにお弁当おいしかったよって伝えてね」

（この時、初めて海人君じゃなくて、海人って呼んでくれて、なんだかうれしかったです）

海人「ママが〝ありがとう〟って言ってたよ」

先生「今日はママのことを大切にしている海人を見直しました」

子供たちが寝てすぐ、先生から電話がかかってきました。

私「今日はどうもありがとうございました。子供たちは、もうバタンキューでした」

先生「きっとそうだろうと思いました」

電話を切ってからも、まだ先生に今日のお礼が言いたくて、

「今日はとても楽しかったです。本当にありがとう。私自身とてもおだやかな気持ちになれました。子供だけじゃなく、私もまだ帰りたくないっていう気持ちでした。おばさんのくせに、きっとまだ大人になりきれてないんですね」とメールを打ちました。

そしたら、先生から、

「おばさん？　二十六歳の人が言う言葉とは思えませんが」

（海人が先生に、ママは二十六歳で先生と同じ年なんだよ。と言っていたのを思い出した）

私「うそでもそう言ってくれてありがとう。本当に、戻れるなら戻りたいです」

先生「メールって不思議ですね。実際逢って話せないことが書けたりします。も

しよければ、ご主人との別居の理由等、教えてもらってもいいですか？」
私「一言では言えないので、また今度ゆっくり聞いて下さい。でもたぶん、私のわがままです」
先生「じゃあ、またゆっくり聞きます」
私「夜中まで付き合ってくれてありがとう。おやすみなさい」
今日一日本当に充実した、楽しい日でした。海人だけじゃなく、弟たちとまで遊んでくれて、ありがとう。

七月二十九日

私が先生にメールを打ちました。
「なぜだかわからないけど、悲しいことがあると、いつも先生にメールを打ってしまってます。ごめんなさい」

先生「悲しいこと？　何かあったのですか？　夜遅くごめんなさい」

先生のメール、とてもうれしかったです。気にしてくれてありがとう。

七月三十日

海人が「明日からサッカー合宿に行ってきます」とメール打つと、「気をつけて行ってきなよ」

と先生から返事がきました。

海人はその時もう寝ていたので、私が、

「海人は明日に備えてもう寝ました。明日、伝えておきます。先生、今から電話していいですか？」

とメールを打ちました。

すぐに先生から「いいですよ」と返事がきて、うれしくて、すぐ電話をかけました。

先生とのおしゃべりがとても楽しくって、先生の声がとても心地良くって、ずっとずっと聞いていたいと思いました。私が、

「迷惑かけてばかりでごめんね」

と言うと
「そう思ってるのは、お母さんだけだよ。全然、迷惑なんかじゃないから」

と言ってくれました。

七月三十一日

「海人が合宿に行ってて寂しいです。ごめんね。本当にいつも迷惑かけて。私たちにアドレスや電話番号教えたのを後悔してるよね」

とメールを打つと、

「そんなことないですよ。寂しい時、僕でよければいつでも電話してくれていいですよ」

そう言ってくれて、すごくうれしく、涙が出ました。

先生にいつも助けられて、元気いっぱいもらってる。今度は金曜日の夜に逢えます。とても楽しみです。

八月二日

夕方、海人がサッカー合宿から帰って来るので迎えに行きました。その帰りの車のなかで電話が鳴りました。先生からでした。海人が出て、うれしそうに話をしていました。先生は旅行先から電話をくれたようでした。

（二日〜五日まで先生は夏休みだった）

家に着いてから、海人がまたメールを打ちました。サッカー合宿のことや、明日のことを書いていました。

でも先生は旅行へ行っているのに、本当に明日は大丈夫なのかなあと思って、夜、私が先生にメールを打ちました。

「海人が先生は旅行に行ってるんだよって言ってたのですが、大丈夫ですか？」

先生「明日の夕方には帰ります」

私「本当にいいんですか？　無理してるんじゃないですか？」
先生「本当に大丈夫です。海人に逢いたいから。それに、お母さんとも話したかったりして」
私「ありがとう。旅行先にまでごめんね」
先生の「お母さんとも話したい」という言葉が、とても、うれしかった。

八月三日

弟二人は体操教室のキャンプへ出かけた。夕方六時。先生からメールで「今、寮に帰って来たよ。約束通り七時にね」

午後七時、病院の前で先生を待っていました。時間通り先生が来ました。海人におみやげまで買ってきてくれました。〝幸福の黄色いお守り〟今も大切に、いつも持ち歩いています。

夕ごはんは、海人の希望でおすしを食べに行きました。途中、海人がトイレに行って、先生と二人っきりになった時、向かい合って座っているのが、とっても恥ずかしかった。食事のあと、花火をしに港へ行きました。

手持ち花火で地面に字を書きました。〝りゅうじ〟〝かいと〟〝ゆう〟三人の名前が並んだ。ずっと消えないでほしい。三人ともすごくはしゃいでいました。先生、なんだか子供みたい。とても楽しかった。

帰りの車のなかで、海人が寝ていくからと、一人で後ろに乗りました。先生が助手席に乗るのは初めて。ちょっと緊張。途中まで帰る道を教えてもらいながら走っていましたが、途中から運転交代。そのあとは、二人とも海人が寝ているか気にしながら、いろんな話をしました。先生のご両親の話とか……。私、それを聞いた時、先生はとても暖かい家庭で育ったんだなって思いました。だから、先生はこんなにも暖かい人なんだなって。

だんだん病院の近くに来てるのがわかってきた時、〝まだ着かないでほしい。ずっとずっとこのままでいたい〟とそう思いました。

病院の前に着いた時、

「まだ帰らないで」

そう言いたいのをぐっとこらえて

「ありがとうございました」

そう言って、車に乗り、発進しました。帰り道、なんだか寂しくて、泣けてきました。今までが、あまりにも楽しかったから。

家の駐車場に着いて、寝ている海人を抱きかかえようとしても、重くてなかなか思うように抱きかかえられず、思わず、もう一度、先生のところに行こうと思ってしまいました。

やっとの思いで家まで連れて帰り、寝かせたあとで先生にメールしました。

私「今日はありがとう。本当に楽しかったです。海人をだっこして帰るのはすごく大変で、思わずもう一度先生のところへ帰ろうかと思ってしまいました」
先生「海人、重かったでしょ。やっぱりかつぎに行けばよかったですネ」
私「もう一つお礼言うの忘れてました。おみやげありがとうございました。海人が寝ちゃったら、今度は私がさびしくなっちゃいました」
先生「さみしければいつでも電話してきてください」
先生のやさしさが逢えば逢うほど伝わってきてすごくうれしいです。夜中まで付き合ってくれてありがとう。

八月四日

朝、海人が起きてきて、朝食はマクドナルドに行くことになりました。〝先生も行くかなあ?〟と海人がメールを打つ。きっと先生まだ寝てると思うよ。九時すぎまで待って、海人が電話をかける。

「まだ寝たいから行かない」

と言われたようでショックを受けています。私もちょっぴりショックだったけれど

「先生はいつも朝ごはんを食べないから。きのうは遅かったし、ゆっくり寝たいんだよ」

となんとか元気づけました。あとで、

「先生、起こしちゃってごめんね。おこってない？　今度また行こうネ。朝ごはんちゃんと食べなきゃだめだよ」

と海人がメール打っていました。

先生、おこってなかったって。〝本当は一緒に行こうと思ったんだけど……〟って言ってたよ。〝海人に朝ごはんちゃんと食べるように注意された〟って笑って話してくれたよ。

私自身も、先生のことで、うれしかったり、悲しんだり、ドキドキしたり。いつも先生のことばかり考えてしまってます。

八月六日

私が先生に電話しました。

「いつもは海人の付きそいで先生に逢っているのですが、海人がいないとダメですか」

先生はちょっとびっくりしているようだった。私も勇気を出して、やっと言えたことですごく緊張していました。

「えっ、いいですよ」

うれしかった。

話はとんとん拍子に決まり、いつ逢うかとか、どこに行くかとか話をしている時にすごくはしゃいでしまいました。先生がいろいろ決めてくれたことが、なぜだか、とてもうれしかった。八月十一日に決まりました。そんなに早く逢えるとは思ってもいませんでした。

八月十日

先生からメールがきました。

「明日、いつものように病院の前で」
私「ありがとう。七時でいいですよね」
先生「もっと早くてもいいですよ」
私「先生、決めて～」

先生「じゃあ、七時で」

な～んだ。もっと早い時間言えばよかったかなあ。ちょっとがっくり。でもうれしかった。先生は、当直で忙しかったはずなのに、メールをくれて、気にしてくれてありがとう。

八月十一日

私なりに一生懸命おしゃれをして出かけました。病院の前でドキドキしながら待っていました。先生の顔が見えます。運転を代わってもらうため車から降り、助手席の方へ。先生をまともに見ることができず、すごく恥ずかしかったのを覚えています。

先生のお気に入りのお店に連れて行ってもらいました。席に案内され、向き合って座ります。

「なんだか、恥ずかしいねえ」と二人で笑ってしまいました。

ビールを頼んだあと、料理は先生が「適当に頼むね」って……。決めてくれることがとてもうれしい。

逢うまでは「どんな話をすればいいんだろう。沈黙になったらどうしよう」と思っていたけれど、全然そんなことはありませんでした。とても楽しかった。いつもにがいと感じて、あんまり飲めないビールもなぜか飲めました。それに、あとから先生に言われて気付いたことだけど、いつもは少し飲むと顔が真っ赤になるのに、今日は全然顔に出ませんでした。すごく不思議でした。

途中、私がトイレに立って戻ってくると、先生が席を立っていました。私がちゃんとトイレがわかったかを心配していてくれたようでした。気にしてくれて、本当にありがとう。

〝ほかのところへ行こうか？〟ということになり、いっぱい飲んでた先生に

「何杯飲んだか数えてればよかった」

と言ったら、笑って
「三杯だよ」

と言っていた先生のちょっとおどけた顔が忘れられません。

お店を出たら雨が降っていました。十一時だった。そんな長い時間たっていたなんて。私にはあっという間だったのに……。

駐車場に戻って、これからどこに行こうっていう話になりました。

「先生決めて」

「どこがいいかなあ」

なかなか決まりませんでした。しばらくして、先生が
「寮に来る？」

って。

「えっ、行っていいの」

思いがけない先生の言葉にちょっとびっくり。でも、うれしかった。
寮に着いて、先生の部屋へ。
先生がコップを持ってきて、ビールを入れてくれました。
私「ありがとう」
先生「ふだんやってもらったことないでしょ」
たわいもない話だけど本当に楽しくて、時間を忘れてしまう。
先生「お客用の布団あるから、寝ていっていいよ。目が少し閉じてきてて、ねむそうだよ」
私「大丈夫。もう少ししたら帰るから。ごめんね。迷惑だよね」
先生「お母さん、いつも迷惑だよねって言ってばかりだね。そんなこと思ってないよ」
雨が強くなってきて、
私「外、見ていい？」

二人で立って、窓を開け、外を見ていました。
私「雨、やむかなあ」
先生「大丈夫、もう少ししたらやんでくるよ」
私「本当？　じゃあ、もう少しやんだら帰るね」
でも、帰りたくない。
私「ツインタワー見えるよ」
先生「あっ、本当だ」
私「えっ、知らなかったの」
先生「一人で外、見たりしないよ。ツインタワーって、どっちがホテルでどっちが会社？」
私「低い方がホテルで高い方が会社？」
先生「高さ、同じじゃないの？」
私「違うよ」

先生「じゃあー」

二人で、どっちがどっちなんだろうって言い合っているのが、とてもおかしくって笑えました。

先生「赤い点滅は何か知ってる？」

私「飛行機がぶつからないようにでしょ」

先生「あっ、よく知ってたね」

私「知ってるよ」

私が何か言うたびに、暖かい笑顔で私のこと見ていてくれた先生。

雨が降っていて、視界が悪いからか、タワーの上の方の赤い点滅が見えなくなる。

私「あっ電気消えたよ。電池なくなっちゃったのかなあ」

ずっと立って、外を見ながらそんなたわいもない話。あの時の先生のほほえみは、決して忘れない。

私の年の話になりました。

「まさか十も違わないよね?」

「え～」思わず、笑ってごまかしちゃいました。

「違ったら違う。そうだったらそう。でいいのに。全然そんなこと感じないよ」

そう言ってくれてありがとう。

少し会話がとぎれ……

気が付いた時、先生に抱きしめられ、キス。突然のことで、先生の歯が私の唇に当ったのを覚えています。でも、とてもうれしかった。私のなかでもずっと望んでいたことだったから。しばらく抱き合って、手をしっかりと握り合ったまま先生が、

「今日のこと忘れられる?」

「えっ?」

私は首を振りました。

「でも、もし忘れられるって言ったら、また逢ってくれる?」

「僕のことで、子供やご主人とのことが変になったら、もう逢えないから」

「そんなことない」

そう言って、また抱き合って、そのままベッドへ……。

もうどうなってもいい。そう思いながらも、どこかでためらう私がいました。

先生が部屋にかぎをかけ、電気を消しました。とっさに「ごめん」って言っていた私。今、後悔しても、もう遅いけど、あの時、先生と結ばれておけばよかった。先生はやさしく私を抱いていてくれました。本当にとってもやさしかった。

「ごめんネ。私の身体、もうボロボロだから」

私のなかでは、私のおなかのキズが、先生の若さが、どうしても気になっていました。

「そんなこと関係ないやん。関係ない」

そう言って抱きしめてくれました。

先生が腕枕をしてくれている。ずっとこのままでいたい。時間が止まってほしい。帰りたくない。この時ほど、強くそう願ったことはありませんでした。

先生の手に触れ、顔に触れ、身体に触れ、先生が私の耳に、首すじに、胸に触れてくれ愛撫してくれている。本当に幸せでした。

時間さえ気にしなければ、先生のやさしさできっとすべて許せていたかもしれません。でももう夜中の三時半。帰りたくないけど、帰らなきゃ。

「寂しくなったらいつでもこうしててあげるから」

って、そう言ってくれました。

雨の中、先生が傘をさしてくれ、車まで送ってくれたのです。

車に乗って窓を開け、エンジンをかけました。でも行きたくない。先生が、

「濡れるから窓閉めて」

って言うのです。本当にありがとう。私より先生の方が濡れちゃう。

先生に言われるまま窓を閉め、発進。何か言おう、そう思っていたのに、何も

言えないまま、後ろを振り向くこともないまま、車を走らせていました。途中、すごい雨とかみなり。思わず怖くて戻りたくなりました。ふと電話を見ると、先生からメールが入っています。

「きちんと家に着いたら、電話かメール下さいな」

駐車場に着いた私は先生に電話をしました。

「すごい雨とかみなりで怖かったよー。今日はありがとう。おやすみなさい」

ちょっと心残りのまま帰ってきちゃったけど、私は今日という日は絶対忘れない。忘れられない。こんなにも幸せな時間を過ごせたことはなかったから。

今度逢ったら、今度こそは後悔しないようにしよう。先生と結ばれたい。

(でも、そんな日は二度と来なかったけれど)

八月十二日

午前十時頃、先生にメールをしました。

「きのうはごめんなさい。遅くまで付き合ってくれて、本当にありがとう。きのうは私、一番雨がひどい時に帰ったみたいです。今も子供たちと買い物に来たらすごい雨で、帰れないでいます。子供たちは喜んでいるのですが……」

お昼十二時すぎ、先生からメールが来ました。

「今、起きました。今日は一日ゆっくり休暇です」

（この日の夜、夫といろいろ言い合いになった）

八月十三日

実家に帰っていました。三時頃先生にメールをしました。

「きのうはいろいろあってとても悲しいです。私が泣いていると、海人が私の涙をふいてくれて、それが私には辛いです。ごめんね。聞き流してね」

私が先生にそうメールを打っている頃、夫が先生の病院に電話して、先生に会って話がしたいと言っていたなんて、思いもよらなかったのです。

もう先生に逢うことも、何もかもなくなってしまうなんて、考えもしていませんでした。

八月十四日

夜、先生に電話しようって、そう思っていました。八時頃、先生からメールがありました。

「彼女にメールや電話がばれてしまったので今後、こういうことはもうやめにしたいと思います」

私には何が起こったのかさっぱりわからず、ただただ気が動転するばかりで、すぐ先生にメールを打ちました。

「何がなんだかわかりません。どうして？」

でも、そのメールは届かない。アドレスが消されていました。もう、自分でも自分がやってることがわからなくなり、ただ先生に連絡をとろうと必死でした。

留守電にパソコンに……。

先生と話がしたい。逢いに行こう。逢いたい。とも思いましたが、子供が……。

とっさに夫のことを疑いました。そして夫に電話してみましたが通じません。

しばらくして夫から電話がありました。何もなかったかのように話をしてくるので、〝私の勘違いだったかな〟とそう思って、冷静を装って電話を切りました。

ただ辛くて、辛くて、おかしくなりそうでした。

その時、先生から電話がありました。いろいろ考えていたと言っていました。何を言われ、何を言ったのか、その時のことはよく覚えていません。でも、私は
「もう一度逢いたい」

とそう言い続けていたんだと思います。先生は、

「今は冷静じゃないからよく考えて」

と言っていました。

「じゃあ明日もう一度電話します」

先生は必ず電話には出てくれると約束して、電話を切りました。

八月十五日

お昼、先生に電話をしましたが、留守電でした。

〝電話に出てくれるって言ったのに〟すごく不安なまま、夕方になりました。

夕方、夫から電話があって、

「きのう、先生に会った」

って言うのです。やっぱりという気持ちと夫のことを許せない気持ちでいっぱいになりました。

すぐに先生に電話して、

「本当にごめんなさい。こんなことになるなんて」

先生も、こんなふうになるとは思っていなかったこと、夫から病院に電話があったこと、きのう病院が終わってから会ったこと等を話してくれました。それで、私に夫と話し合ってほしい、とも言いました。どうして、どうして先生がそんなことを言うの。一体どんな話をしたの。私、納得できない。

八月十六日

やっぱり先生に逢いたいと電話をしました。先生は、ここ数日であまりにもいろんなことがあって、自分でもよくわからないから、少し（一週間か二週間くらい）考えたいと言ったので、私は先生からただ連絡がくるのを待つことになりました。

毎日、毎日、寂しくて、悲しくて、でも必ず先生から連絡をもらえるって、信じていたのに連絡はありませんでした。ずっと辛くて、涙が止まらなくて、いてもたってもいられませんでした。毎日ビールを飲んで、たばこも吸って、もうボロボロでした。

あれから二週間が過ぎました。でも、先生からは、なんの返事もありませんでした。

九月四日

もうどうしてもいられなくなり、先生にメールをしました。

「先生には本当に迷惑をかけた上、電話ではひどいこと言って本当にすみませんでした。今思うと、私が先生に初めて逢った時から、ずっと先生のことを気になっていたのかもしれません。先生の言葉一つ一つにとてもやさしさを感じていました。海人の足が治って、もう先生に逢うことはない。でも先生みたいな人に出逢えてよかったってそう思ってました。でもまたすぐお世話になって、海人が先生に手紙を出して、先生からの返事を見せてもらった時、なぜだか涙が止まりませんでした。とても暖かい手紙だったからです。海人がもらった手紙なのに、私もとても暖かい気持ちになれました。そのあと、またまたお世話になって、メールを交換するようになって、私はいつも先生から元気をもらってました。それだけで充分だったはずなのに、どんどん欲がでてきちゃったんですね。

もう遅いかもしれないけど、私が先生に逢ってって言わなきゃよかった。先生の部屋に行かなきゃよかった。罰が当たったんですね。でも私は後悔なんかしてません。もうこんな気持ちになることはないと思ってた私に、ときめきをくれて、毎日を楽しくしてくれた人だったから。

今まで自分の気持ちをごまかしてきた私が悔いのないように生きたいと思ったのです。私がそう思ったことで、先生に迷惑かけちゃって、いやな思いをさせちやって、苦しめちゃって、本当にごめんなさい。
もう何も望まないから、今まで通りの先生でいてほしい」
というような内容のメールを、先生に送りました。
そして電話をかけました。
私「今、大丈夫でしたか？」
先生「いいですよ」
いつもと変わらない先生の声。
私「パソコンにメールを送ったのですが、読んでもらえましたか？」
先生「えっ、ちょっと待って」
私「じゃあまた読んでくれた頃、電話します」
そう言って一度電話を切りました。
少したって、先生の方から電話がかかってきました。
先生「途中で文字がバケちゃってて読めないんです。三分の一ぐらいかナ？」

私「じゃあ、続きをまた送り直すので、どこまで届いているか教えて下さい」

先生「読めばいい？　なんか読むのは恥ずかしいね」

私「うん」

ちょっとほほえみが。

先生は届いたところまで読んでくれました。

私「じゃあ、続きを送ります。ごめんね」

続きを送ると、すぐまた先生から電話がありました。

「届きました」

そのあと、いろんな話をする。

先生は直接口には出さないけど、やっぱり夫のことをすごく気にしているようでした。だから、海人がメールを送ることも、本当は送る相手が違うというようなことを言っていました。

わかってる。わかってるけど、私も海人も今は先生に頼りたいのに……。でもそれは言えませんでした。

最後に強がって、明日からは、もう泣かない。頑張るからって言っていた私。電話を切るのはすごくイヤだったけれど、そう言って切っていました。

悲しかったけれど、先生と話せてうれしかったし、それで、少しは気分が落ち着いたと思っていました。

電話を切ったあと、また先生にメールを打ちました。

「すごく迷ったメールだったけれど、送ってよかった。私、頑張ります。だから先生も頑張って下さい。ありがとう」

まだまだ辛かったけれど、先生といろいろ話ができたし、先生の気持ちもわかったつもりだったから、電話でこうして話せたことを支えに、頑張ろうって思っていました。

でも、日がたつにつれ、やっぱり先生とまた話したくなったり、メールをしたくなってきてしまいました。私の辛さ、やっぱりわかってほしくて、先生に助けてもらいたくて、先生に逢いたかったのです。本当に自分のことしか考えてなかったのかもしれません。

海人だけは、今までと同じように先生にメールを送ってました。先生は前に比べ少なくなったけど、時々メールを返してくれてました。私には、それを見ることだけが、楽しみでした。先生はいつもやさしいメールを海人に送ってくれていました。海人だけでも、ずっと先生と関わっていてほしくもあり、海人への先生からのメールを待つことは、私にとって辛くもありました。

九月十四日

夫が帰ってきて、また言い合いになってしまいました。

辛くて、辛くて、また先生にメールを送ってしまいました。最後には、もしかしたら、もう一度先生が助けてくれる。そう思いたかったのかもしれません。

「先生、助けて。私やっぱり頑張れない。あんな形で先生に逢えなくなって、どうしても前に進めないんです。やっぱりもう一度逢いたい。逢って、納得できるよう話し合いたい。もう一度、人を信じることができるようになるまで。子供たちのいい母親に戻れるまで、あと少しだけ力を貸してください。お願いします。私なんかいなければ、みんなイヤな思いしないでよかったのにね。ごめんなさい」

でも、人間ってそう簡単にこわれないものなのですね。もう、こんな辛い思いするくらいなら、私なんかなくなってしまえばいい。そう思ったのに……。

九月十七日

朝、先生からメールがきた。

「メール読みました。ああいうメールは僕をとても苦しめます。眠れないくらいに。

海人君とのことは楽しかった思い出として、僕の心のなかにあります。でも忘れてしまいたいこともあります。今は海人君のメールでさえ、辛い時があります。もう、僕のことはそっとしておいてください。お願いします」

読んでいて、すごく辛かった。先生を苦しめてるのわかっていた。

結局、先生は夫と会って、私から逃げたんだ、と思っても、どうしてもそう思えないのです。先生のことを憎もうと思っても憎めないのです。

私はすぐにメールを打ちました。

「これだけは言わせて……。

先生、苦しめて本当にすみませんでした。私、ただ自分が甘えていただけだったということにやっと気がつきました。先生に一番幸せになってほしい。心からそう思ってます。先生とのことはいい思い出だったと思いたい。出逢えてよかった。本当にごめんなさい。そしてありがとう」

もうこれですべて終わってしまいました。辛くても、先生にメールすることもできなくなってしまいました。忘れなきゃいけない。悲しくて、悲しくて仕方なかったけれど、先生からもらったメールも、先生のアドレスも電話番号もすべて消しました。これ以上先生のこと、苦しめられない。そう思っていました。

そうしたら、七時過ぎ、先生からメールが来ました。

「そう言っていただいて、なんか救われた気がします。僕からもお礼を言わないといけませんね。ありがとうございました」

私は、もう二度と先生からメールもらうことはないと思ってたから、うれしかった。

思わず返信しました。

「私、先生からお礼言われる資格なんかないのに。こちらこそ、本当にありがとうございました。うれしかったです。ありがとう」

いっぱい言いたいことあったけど、これが精一杯でした。

私の方こそ、先生のメールで救われました。涙が止まらなくて、大声で泣いてしまいました。

でも、いつもの涙とは違った気がします。先生ありがとう。私もう大丈夫です。

でも、もう来ないと思っていたメールを先生からもらって、また、私の受信メールのなかに先生のアドレスが入ったことで、先生との思い出すべてを消したことをすごく後悔してしまいました。

九月二十三、二十四日にディズニー・シーに行って、海人が先生におみやげを送りました。

九月二十九日

海人が久しぶりに先生にメールを送りました。

メールの最後に、「ジーニーのボールペン届いた？」

そうしたら、すぐ先生から返事。

「ありがとう。さっそく白衣のポケットに入れて、使っています。いつも先生のこと気づかってくれてありがとう」

思わず、すごくうれしかった。

全然変わらない先生が、そこにいるようでした。

でも、その後、海人が何回かメールを送っても返事はありません。

以前、先生が、海人君ともいつか終わらなきゃいけない。その終わり方をどうすればいいか考えていますと言っていたことがありました。

もしかして先生は、返事を返さないことで、だんだん海人からも遠ざかろうとしてるんじゃないですか？　返事を送らなきゃ、海人ももう送ってこなくなるって。もしそうだとしたら、「ありがとう」ってメール、海人にも私にも送ってほしくはありませんでした。それが先生のやさしさだったというのは、すごくわかるけれど、その先生のやさしさが、かえって私たちを苦しめることだってあるのです。もう一度、期待してしまうんです。

私はともかく、海人はただ先生のことが、純粋に好きだから、深い意味もなく、楽しかったこととか、自分のいろんなことを知らせたくて、お兄ちゃんみたいに思ってる先生に聞いてほしくてメールを送ってるだけなんです。

だから、先生もいろいろ考えすぎないで、私は大丈夫だから、海人とはこれからもずっとメールを続けてあげてほしい。そう思っていました。

でも、海人がメールを送るたびに、返事を期待している私がいることに気付き、そのことで、またいてもたってもいられなくなる。だからもしかしたら、このまま、もう終わってしまう方がいいのですよね。きっと。

毎日先生のことを思い出さない日はありません。今頃何してるんだろう。勝手だけど、先生にも私たちのこと忘れてほしくはないのです。だから、やっぱり、なんでもいい。ちょっとでもいいから、関わりを持っていたいと思ってしまうのです。

何かあるたび、苦しくて、そう思っている以上、涙が止まらないのはわかっているのですが……。どうしても、どうしても、まだきっぱり忘れることはできません。

先生が私にくれたやさしさは、決して、うそじゃなかったって、そう信じたい。今はやっぱり辛いけど、でも、出逢えたことは後悔したくありません。

私は非常識で、悪いことをしていたのかもしれません。でも、先生に逢えたことを誇りに思っています。今までも、これから先も、先生のような人に出逢えることは、絶対ないと思います。それだけ、とても素敵な人でした。私より十歳も年下の先生だったけど、先生からいろいろ教えられ、いっぱい元気をもらいました。本当にありがとう。先生の笑顔忘れません。

先生と最後に逢ったあの日から、三カ月が過ぎようとしています。

季節はもう冬。

私のなかでは、いつまでもあの日の夏のままなのに。

街のなかはすっかりクリスマス気分。いつになれば、思いっきり笑える日がくるんでしょう。いつになれば、涙なしで、先生のことを話せる日が、思い出せる日がくるのでしょう。今はまだ、私の気持ちはあの日と少しも変わってはいないのです。逢えなければ逢えないほど、やっぱり逢いたいと思ってしまいます。もう後戻りはできないけど、前に一歩がなかなか踏み出せないのです。

また、いつか先生に出逢いたい。今はその日を夢見て、毎日毎日を、ただ過ごしています。きっと笑ってまた出逢えるのを信じているのです。ずっと強がって生きてきた私が、先生に頼るようになって、甘えることを知りました。その先生を失った今、また前のように強がって生きていかなきゃならないのです。でも、一度、頼れる人に出逢ってしまった私には、その思いから抜け出して、一人の自分に戻るのには、とても時間がかかってしまいます。

今は、ただ辛くても頑張るしかありません。涙がいつか、ほほえみに変わることを信じて……。


私は一人の人しか愛することができません。だから、先生へのこの気持ちが自分のなかできちんと整理できるまで、いい思い出として心のなかにしまっておける日まで、夫のことは受け入れられません。

今、私たち家族のなかに父親の姿はありません。子供たちにも寂しい思いをさせているのはわかっているはずなのに、私自身どうしても夫に会うことはできないでいます。

子供とだけで過ごす休日。街で幸せそうな家族連れや、カップルを見ていると胸がしめつけられそうに辛くなります。私が一番願っていた暖かい家庭、それを自ら壊そうとしているのかもしれません。

夫は

「いつまで、何をそんなにこだわっている」

と言います。でも私のなかでは、先生と最後に逢ったあの日から時間が止まったままなのです。それに夫とのことは、それだけじゃない……のです。

私はいつの頃からか夫が頼れなくなっていました。私たち家族を知る人はみんな、

「あんなに仲がよかったのにね」

と口をそろえて言います。表面的には仲良し家族。でも私のなかでは違ったのかもしれません。いつも何か物足りなさを感じていました。その一方で、夫の一途なまでの家族への愛情に窮屈さを感じていました。

私は子供が生まれた時点で、妻から母親だけに変わってしまったのです。それがはっきりわかったのは二度目の出産のあとでした。下の子供は双子でした。一度に三人の母親になり、毎日子育てに追われ悩みもつきませんでした。夜、夫が帰ってくるのを待って悩みを打ちあけても、夫はいつもそのことについて何も相談にのってはくれませんでした。

「私がこんなに悩んでるのに」

何度かそういうことが続いた時、私は

「あっ、もうこの人に言うのはやめよう」

そう思ったのです。私は、唯一、一番身近な家族である夫にさえ頼ることをしなくなりました。その日から、ずっと強がって生きてきました。本当は誰かに頼りたくて、甘えたくて仕方なかったのに。

夫は夫なりに子供の面倒をみてくれ、子供や私のことを思ってくれていたのかもしれません。でも私にはそんな夫の思いは伝わりませんでした。私のなかで気持ちのズレはどんどん大きくなっていくばかりでした。もうダメだって爆発寸前になった時、会社から単身赴任の話がありました。

離れて生活することで、少し距離をおくことで、私の気持ちも落ち着いていくかもしれない。最初はそう思っていました。でも、距離は縮まるどころかどんどん離れていくばかりでした。夫が離れた距離を縮めようとすればするほど……。

強がっていた私は、ますます、頼らなくなっていってしまったのです。

自分のなかで、すべてのことに強がって生きることに慣れてきた頃、先生に出逢い、そのやさしさにふれました。今までのうその自分から、いつも、気持ちをごまかして生きてきた私から、素直に生きたいってそう思ったのです。そして、また一人の女に戻っていきました。

先生に甘え、頼ってしまった私が、先生を失った今、また以前のように強がって生きていくのはあまりにも辛すぎます。一度ぽっかり空いた穴はそう簡単には埋められないのです。たとえどう言われようとも、夫のところには、そう簡単には戻れないのです。

海人が私に言いました。

「ママ、どうして先生にメール送れないの？　どうして先生に逢えないの？　先生のこと嫌いなの？」

って……。

海人は私が泣いている姿もいっぱい見ていていろいろわかっていて、あんな小さな心を痛めています。

「ごめんネ。ママ、先生のこと好きだよ。でもね、ママはもうパパと結婚してるでしょ。だからね、ママは本当は先生のこと好きになっちゃいけないんだよ。むずかしいけどね。でも、ママは先生に逢えてよかったよ。忘れないよ」

そう言ったら海人は、

「ふうーん」

と言っていました。

いつか、海人が大きくなった時、私のことを責める日が来るのでしょうか？

今は
「僕も先生、大好きだよ。ママ、大丈夫、また先生に逢えるよ。絶対逢えるよ」

って言ってくれていますが……。

夫が先生の存在に気がついたのは、子供たちとお風呂に入っている時、海人の弟が
「先生と花火したの。すごくおもしろかったよねぇ」

と言って、海人がとっさにそれを止めたからだそうです。夫はずっと、私が何か前へ進もうとしてる、変わっていっているって感じていたらしく、もしかした

らといつからか疑いだしていたようでした。それで、弟の一言と海人の行動で「これだ」と結びついたのだと思います。そして、先生に電話して、会いに行ってしまったのです。夫は先生に電話して、次の日に先生に会う約束をしました。

電話があってから先生は、丸一日本当に悩んだんだろうと思うと胸が痛みます。

会った時、先生は真っ先に
「申し訳ありませんでした」

と謝ったそうです。なんで、どうして先生が謝るの？　先生は何も悪いことしてないのに。それを夫から聞いた時、とても辛かった。そのあとの先生のメール、実は夫が先生に打たせたものだったそうです。とてもショックでした。ひどいよ。あまりにもひどすぎる。

先生は、夫に言ったそうです。

「お父さん、僕と会ってよかったですか？」

って……。夫は、

「家族が離ればなれになると思った」

とそう私に言いました。でも私は、

「夫がそうしたことで、家族が余計にバラバラになっていってしまった」

と、今はそう思ってしまうのです。

夫に言われました。

「子供をおいて、男のところに出て行け」

と……。

「私だって、今すぐ行きたいよ。逢いたいよ。でも、あなたが会いに行っちゃったから、もうダメなんだよ。先生も苦しんでるんだよ。なんで、会いに行っちゃったの？」

そう心のなかで叫んでいました。

私が一番悪いことくらいわかっています。勝手なのもわかっています。でも、夫の気持ちをわかろうとする余裕も、話し合う気も、今の私にはなく、ただ責めずにはいられなかったのです。

　先生と逢えなくなって精神的にもおかしくなった私は、夜になるのが怖くて、浅い眠りからさめたあとは必ず息ができなくなったり、過呼吸に陥りました。苦しくて、苦しくて、もしかしたらもうこのまま息が止まってしまうんじゃないかと思いながらも、こんなに、こんなにも辛いのなら、それでもいいとさえ思っていました。

　少しでも気持ちが吹っ切れるきっかけになればといろんな本を読みました。元気が出る本、不倫の本、別れの本……。

　自分を変えたくて、今までずっとためらってあけられなかった耳にピアスの穴をあけました。けれど皮膚のトラブルで、何度も耳が腫れてしまい、頭がガンガンするほど痛い思いもしました。まわりから
「もうやめた方がいいよ。皮膚にあわないんだよ。そこまでしてあけなくてもいいよ」

と何度も言われました。自分でも何をそこまでこだわってるんだろうって感じだったけれど、

「大丈夫、これを乗り越えられて、きちんとピアスがあけれたら変われる！」

ってそんなバカなこと思っていたのです。

怖いものなんて何もありませんでした。先生に逢えないこと以外は……。

でも、何をやってもダメでした。誰を見ても何をしていても、先生に重ね、考えてしまっていました。いつも先生に逢えることを願ってしまうのです。探してしまうのです。先生と聞いた〝ミスチル〟の曲をかけながら、涙があふれ出ます。病院の前を通っては、このなかに先生がいると、そう思います。ここで頑張ってるんだってなんだかホッとする一方で、一目だけでも見たいと思ってしまうのです。

どんどん先生の顔が、声が、私のなかから遠のいていくようで、怖いのです。

たった一枚だけ、私の手元にある先生の写真。そのなかの先生は笑っています。

子供と一緒に笑っています。この一枚は私にとっては大切な宝物。

せめて夢のなかだけでも……と思っても、なかなか見ることができなかった先生の夢を、このあいだ見ることができました。すごくはっきりした夢でした。ちょっと髪が伸びた先生は、今まで通りの笑顔で私に話しかけてくれていました。なんのわだかまりもなく、お互いが素直な気持ちで今までのこと、逢えなかった時間のことを話し合い、寄り添いました。そして、また逢う約束をしました。今度こそ、今度こそもう逃げない。自分の気持ちにうそはつかないと思った時、目が覚めたのです。

現実に引き戻された私の目から涙があふれました。夢なら夢でもいい。ずっとこの夢を見ていたい。そう思ってもう一度目を閉じたけれど、もうそこに先生の姿はありませんでした。

ある日、ラジオのなかから「好きな人が忘れられない」という話が聞こえてきました。私と同じだと、ラジオ局に思わずメールを送っていました。

「私もどうしても忘れられない人がいます。その人とはもう逢うことも、声を聞くこともできません。いつか前に踏み出せる日がくるのかなあ」

そんな私のメールをそのあとすぐ読んでもらうことができました。

「無理しないで。ゆっくり、ゆっくり。今は悲しみにどっぷりつかってみるのもいいかも。頑張って」

と言ってくれたＤＪの人の言葉がとってもうれしく、私に向けてくれた応援歌、「夜空ノムコウ」を聞きながら、泣いてしまいました。

私のなかで早く先生のことふっきろう。夫とのこともどうにかしなきゃと思えば思うほど辛く、どうすることもできない自分が腹立たしくもありました。

でも、

「今はまだ、あせって気持ちを切り変えなくてもいいと思うよ」

と言ってくれた人、

「前に二歩、後に一歩」

と言ってくれた人、いろんな人の言葉がうれしかった。

先生は最後に電話で話した時、私に言いました。

「自分は今の時期が一つの転機だと思っている。だから来年三月で高知に帰ることに決めたし、結婚もしようと思う」

「えっ結婚？」

私がそう言うと
「それはまだ今すぐはどうなるかわからないけどね」

でも、私にはショックな一言でした。だって先生はまだまだ結婚する気はないって言ってたじゃない。

そんなことありえないのに、先生とずっと付き合っていけるって思っていた。たとえ、先生が高知に帰っても、メールもできる、逢いに行けるって信じていたのに。だから私、パソコンも買ったんだよ。先生にいろいろ教えてほしかったのに。

「帰らないで。結婚しないで」

そう心のなかで叫んでいました。

でも先生には、私には作れなかった暖かい家庭を作って、幸せになってほしい。きっと先生は、すっごくいい夫、すっごくいい父親になれるよ。先生と結婚できた人は幸せだね。


いつからか、星を見るのが好きになりました。星を見ているとなんだか先生が近くにいる、そんな気持ちになれるのです。

一番先に輝く、大きい星。それが、火星。子供たちはその星のことをいつしか、あの星は先生だ、と言うようになりました。火星はだんだん小さくなっていって、見えなくなっていくのだそうです。今度、地球に近づいて、また見えるようになるのは、二年先。そう海人が私に教えてくれました。

私の気持ちが伝わるのか、子供たちはよく先生の話をしています。夏の出来事、先生への思い、それを聞いてる私は、うれしくもあり辛くもあります。

十一月十九日、しし座流星群。私はどうしても願いごとがしたくて、夜中に起き、ベランダから星を見ました。

あふれんばかりの流れ星が次から次に見えました。私の願いはただ一つ。

「もう一度、先生に逢いたい」

星を見ながら、ずっと願い続けました。寒さも忘れ、夜空の流れ星を見続けていました。

時間が解決するとは思いたくないのです。時間がたっても忘れたくないことはいっぱいあります。でもいつまでも過去にすがりついてちゃいけないとも思います。いつかは自分でちゃんと答えを出さなきゃいけないのだとも。

まだまだ、時間がかかると思うけれど、いつになるかわからないけれど、前を向いて、生きていきたい。
ほんの少し、少しだけ、流す涙が減った気がします。

著者プロフィール
つかさ　ゆう
昭和40年2月生まれ。
三重県出身。

あなたといた夏を忘れない

2002年6月15日　初版第1刷発行

著　者　つかさ ゆう
発行者　瓜谷 綱延
発行所　株式会社文芸社
〒160-0022 東京都新宿区新宿1－10－1
電話03-5369-3060（編集）
03-5369-2299（販売）
振替00190-8-728265

印刷所　株式会社 平河工業社

ISBN4-8355-3891-9 C0095